삶의

향기

바람을 타고

삶의

향기

바람을 타고

민원기 시집

첫 시집을 출간하며

현실을 살아가느라 잊어버린 생의 뒤편 어딘가에 적어
놓은
내 삶의 기록들…
누구나 저마다의 시(詩)가 있습니다.

시간이 허락하는 한 나의 삶의 경험을 시집으로 출간하
고 싶은
꿈을 이루고 싶었습니다.

글의 호흡이 서툴고
아직 여물지 않아 독자께 시(詩)라고 내보이기 부족한 글
들이지만

그럼에도

깊은 사유의 힘과 기억의 편린(片鱗)들을 모아

제 삶을 진솔하게 투영하여 시집에 담고 싶었습니다.

누구나 삶에서 예측할 수 없는 환경에 힘든 순간

하얀 밤을 새운 경험을 하기도 합니다.

그때마다 마음을 어디에 두어야 할지 몰라 헤맸던 기억

이 있습니다.

기쁠 때나 슬플 때 또는 힘들 때

일상과 삶의 트랙에서 시(詩)가 스며들어

자아를 비추는 빛을 통해 마음의 미래가 더욱 풍요로워

지길 바랍니다.

이 시집이 출간되는 것을 기쁘게 생각하며

독자들에게 작은 공감과 용기와 위안을 건네는 시집이

되었으면 하는

감사의 마음을 가져봅니다.

마지막으로

저의 글을 응원해 주시고 출판에 힘써 주신 맑은샘 김양 수 대표님과

편집자님께 감사드립니다.

오늘이 있기까지

첫 시집을 상재(上梓) 할 수 있게 지켜보고 힘이 되어준 사랑하는 아내와 딸에게 이 시집을 바칩니다.

차 례

05   작가의 말 ··· 첫 시집을 출간하며

1부

열린 마음으로
살아가는
지혜 더하기

○

15   등불
16   햇살 가득 채워다오
18   치유의 기억
19   푸른 나팔 소리
20   편견 없는 맑은 시선
22   괴리乖離
24   내면의 힘과 정의
26   진리眞理
28   참된 마음으로

30   매화
32   진실한 대화와 소통
34   그대 사랑은 바다처럼
36   장애물과 걸림돌
38   관용寬容
40   물냉 비냉
41   내재적 잠재의식
42   정념正念
44   자유로운 의지
45   나를 구속하는 이성
46   집착과 소유
47   치우친 생각
48   지혜의 나침반
50   거울 속의 진실
52   어리석은 빌런Villain
54   나라를 지킨 영웅들

2부

부싯돌 인생
꿈꾸는 것을
멈추지 말라

○

59 삶이 풍요로워지길

60 해피 바이러스

61 치유

62 희망찬 갑진년

64 흔들리지 않은 마음

66 희망의 도시

67 소중한 너의 인생

68 월계수의 틀

70 고요함 속 찾아온 평화

72 나를 사랑해요

73 빼뽀쟁이

74 스승과 제자

76 우리의 꿈으로 가는 길

78 초록의 봄 물결칠 때

80 난초

82 세상을 향한 도약

84 꿈의 불빛

85 마음이 머무는 시간

86 내면의 평온함 채우기

88 밝은 미래

90 인생은 여행

92 비파열성 뇌동맥류

94 랩탑Laptop

96 일곱 개의 별

3부

아름다움이
있는 세계

○

101 산타 할아버지

102 가을 발자국

103 나라의 보배

104 가을의 노래

106 그대와 함께라면

108 국화

109 이부자리

110 관음과 마주하는 시간

112 부처님 오신 날 2

114 나를 밝히는 안경眼鏡

115 달빛 사랑

116 사랑의 씨앗

117 그대 얼굴에 띤 꽃의 미소

118 비와 나

119 봄 처녀

120 민들레의 미소

121 나무 같은 사람

122 사랑의 감정

123 코스모스

124 연리지連理枝

126 연리지連理枝 2

128 산사의 풍경소리

130 가을 풍경 속에서

132 일상 속의 AI

134 불굴의 의지

136 한여름 밤하늘

4부

사랑 가득
행복을
꽃피우는 여정

○

141 아침 운동의 즐거움

144 참 아름다운 그대

146 달빛 아래 빚는 송편

148 사무치게 그리운 당신

150 무지개 당신

152 삶의 행복

154 어머니 모습을 한 보름달

157 반려견 코미

160 사랑이란 이름으로

161 엄마의 추석 2

162 인생 2막

163 인생의 무상

164 어머니의 울타리

166 삶의 향기 바람을 타고

168 친구여

170 진정한 행복의 시작

172 대나무

174 비익조比翼鳥

176 결혼기념일

178 거울 속에 비친 모습

180 아침 운동의 즐거움 2

182 울 엄마의 강물 2

184 사랑의 힘

186 그대 사랑은 바다처럼

188 시절의 그리움

190 소중한 사람들과 함께

열린 마음으로
살아가는
지혜 더하기

등불

두려움과 소외된 곳에
포근한 사랑을

어둡고 그늘진 곳에
따스한 햇살을

고통과 슬픈 사유에
새파란 희망을

마음 허공에
진리 밟으며 맑은 빛 비추네

햇살 가득 채워다오

가져가다오 바람아

탐욕과 분노, 어리석음

꿈틀거리는 위선의 바위섬들

심어다오 마음아

깨어있는 지혜의 눈으로

님의 넓고 깊은 진실한 뜻

내려와다오 보슬비야

고요한 마음속

즐거움 나누고 배려하는

자비의 마음을

살펴다오 햇살아

메말라 공허했던 마음

따뜻함을 전달하고

채워 나갈 수 있게

1부_ 열린 마음으로 살아가는 지혜 더하기

이 헛헛한 마음 신선한 햇살 가득 채워다오

치유의 기억

무심한 표정

찌푸린 얼굴

바람의 침묵에 몸을 맡긴 그대

사랑하는 그대가 준

내 마음의 따가운 아픈 생채기

더욱 아파지네

그대와 함께 강변을 걸으며

매 순간

미소로

하얀 웃음으로

치유되는 가슴 달콤한 행복한 기억

밤하늘 스며든 달빛 아래

방긋방긋 반짝임

쏟아 놓는다

푸른 나팔 소리

양떼구름 둘러싸인 천사

하늘에 나타나

파란색 나팔을 분다

어둠에서 달빛으로

절망에서 무지갯빛 희망으로

실패에서 성공의 불씨로

상실에서 파란 사랑으로

고독해서 시린 아픔 딛고 일어서

새 출발 알리듯 나팔 소리 청량하다

따따따~ 따따따~ 발랄함에

활력과 에너지 튕겨 오른다

생명이 있는 모든 순간의 영광

깨어있는 생명에 감사한다

편견 없는 맑은 시선

분노와 상처를 준 그대여
그대 향한 미움과 원망의 마음
그대 향한 증오와 분노

한때 그런 마음이 나를
강하게 만들어 주는 것처럼
단단하게 에워싸는 줄 알았더니

이제 와 보니 세상에 그토록
나약한 것이 없더라
그 나약함 나의 또 다른 모습이었다네

이제는
마음 깊숙한 곳으로부터
떨쳐버린 새털 같은 마음

그 떨쳐버림 나 자신에게 베푸는

작은 사랑이었나 보다

비로소,

마음의 평화

맑은 시선 세상 바라보니

내 마음 아름다움만 남더라

괴리 乖離

지성과 감성
의식과 무의식
현실과 이상
삶에는 늘 괴리가 있다네

멀리서 빛나는 별처럼
가까이 다가갈수록
희미해지는 너와 나의 거리
늘 상상은 허망한 망상이 되고

이성이 앞서야 하는 일에도
감정을 무시하지 못하니
마음만 괴롭고 무거워
돌덩이를 얹어 놓은 듯하다네

늘 괴리 사이에서 헤매다 절제하고

중용을 떠올리며 타협하고

조화를 떠올리며

느끼지 못했던 것처럼

손을 뻗어 닿을 듯하지만

결코 닿지 않는 그곳에

우리의 진실이 숨어 있네

원래

이성적, 현실적, 합리적이었던 것처럼

오늘도 살아내 보자

내면의 힘과 정의

긴 옷으로 몸을 가린 그대여

선과 악
빛과 어둠
진실과 거짓
분노와 사랑

그 두 기둥 사이에서
지식과 진리 추구하며 치우치지 않게
세상을 바라보려는 의지
중도의 길을 걸으려는 그대의 근엄

사유의 뒤에 숨겨진
그대의 숭고한 감정
그대의 마음을
포기해야 하는 슬픈 모습

진리와 진실

현실적인 것들 사이에서 어려운 길은

그대가 감당해야 할 몫

말 못 할 사연 없는 이가 있으랴

다 표현하지 못한 방황하는 마음속

사연 가진 모습일 뿐이라

푸른색 긴 옷으로 그대를 가렸나

진리 | 眞理

어둠 속에서 빛나는
한 줄기 작은 불꽃
가려진 길을 밝혀주는
소중한 나침반이 되어

거짓의 파도에 휩쓸려도
내 마음 깊은 곳에서
고요히 속삭이는 목소리

공간적으로 시간적으로도
변하지 않는 것

천 개의 강이 흐르는 물
천 개의 달이 비치는 어디에서든
모두 옳은 참다운 이치

우주 삼라만상 허공 언제나

진리의 기운 넘쳐 웃음의 빛으로

가득 찬다네

참된 마음으로

참된 마음은

바람 속에 실려 오는

작은 속삭임처럼

언제나

진실한 눈빛으로 피어나요

참된 마음은

남을 배려하는 것이에요

타인의 입장에서 생각하고 행동하는

이런 마음은 주변 사람들에게

선한 영향을 미칠 수 있을 거예요

참된 마음은

책임감 있는 태도예요

자신이 맡은 일에 최선을 다하는

책임감 있는 모습은

주위 사람들을 감동시키고요

존경받는 사람으로 만들 수 있을 거예요

참된 마음은

겸손한 자세에요

자신의 부족함을 인정하고 받아들이는

자신을 발전시키는 원동력이 되고요

사람들의 존경을 받을 수 있을 거예요

매화

매서운 추위 속에서도
꽃 피어나는 인내 강한 넌
화의로운 자태로 봄을 알리는 전령사
빛나는 꽃봉오리 미소로 내 마음 사로잡네

일상을 화사하게 만들어 주는
기품 있는 넌
회의감을 느낄 때 위로가 되는 친구
활짝 웃는 얼굴로 내게 인사하네

올해도 변함없이 피어나는
고결한 마음의 넌
선비의 절개로 날 취하게 하는
고마운 존재

고목에서 올라오는

여린 꽃망울 터지는 향기로운 소리

숨마저 멈추게 하는

눈보라 찬바람 견뎌낸

침묵하는 마음에 울려 퍼지는

하늘의 소리

화의로운 : 부처가 중생을 교화하기 위해 설한 가르침

진실한 대화와 소통

눈을 마주하면서 소통할 때
그대 가장 기쁨을 느낀다네

불통 되면 마음의 병 일으키네
깨어진 소통을 회복하기 위한
첫걸음은 경청이라네

진실한 대화는
상한 마음을 회복시키고
절대로 풀리지 않을 것 같던
문제까지 풀어 준다네

소중한 당신과 나누는 이야기 속에서
우리는 서로의 생각과 감정을
이해하고 지지한다네

진실한 대화는

서로의 마음을 이어주는 다리라네

마음의 문을 활짝 열어놓고

상대방의 이야기에 귀 기울여

서로를 이해하고 공감하게 되고

삶을 더욱 풍요롭게 만들어 준다네

진실한 대화는

서로에게 신뢰를 심어주는 열쇠

소통을 통해서 오해를 풀고 갈등을

해결할 수 있다네

그대 사랑은 바다처럼

그대여

파도가 되어

내면에 나를 가둬두지 말아요

그대여

분노, 우울, 불안의 파도에

휘둘리지 말아요

그대 마음

용기 있게 표출해 보아요

당당한 자신을 만나게 되고

그렇게 치유가 가능해요

그대여

사랑은 바다처럼 늘 충분해서

갈구할 필요가 없어요

참된 사랑은 내 바깥에서

오는 것이 아니라오

그저 사랑은 구하지 않고 나눠 줄 뿐

그대 바다임을 알면 심연은

늘 흔들림 없이 고요해요

그대 본성은 파도가 아니라 바다예요

장애물과 걸림돌

기나긴 인생 여정
문제에 부딪혀 난관에 봉착했을 때
주저앉거나 용기를 잃고 낙담하게 되더라도
물 흐르듯 자연스럽게 흘러가길 바래요

실패의 구렁텅이에 빠져
힘든 날도 있겠지만 이겨내 보아요

마음 가라앉혀 냉정하게
문제 해결할 방법 궁리하고
림보 게임하듯 차근차근 걸어가 보아요

어제는 이미 지나갔고
내일은 아직 다가오지 않았고
현재를 소중히 여겨야 해요

마음가짐 새롭게 하여

어려움 이겨내고 새로운 길을 찾아

걸림돌은 디딤돌로 바꿔 보아요

관용寬容

토도독 톡 도독

거센 빗줄기 막아주는 우산 같은 그대

서러운 날 많았겠지만

상대에게 기회를 주며

용케도 잘 버티어 왔네요

잘못을 한 사람에 대한 구원

자신의 마음을 승화시키는 길

서로 이해하고

배려하며 살아가요

우리…

물냉 비냉

도깨비 장마
가마솥 찜통더위
몸과 마음은 절인배추

메밀향 가득한 탱글탱글 쫄깃 면발
얼얼 동치미 담백한 육수
태양초 가득 매콤달콤 식감
계란과 고기고명
새콤 초절임 무절이 얹어 맛깔스러움

내 마음을 들뜨게 만드는
너의 별미(別味) 한 그릇

내재적 잠재의식

순간의 깨달음
찰나의 영감이었나니

지혜의 원천
자신에 대한 확신이었네

그대는 믿음직한 파트너
그대가 이끄는 대로 따르는 것

성공으로 통하는 길에서
자신을 발견한다

정념正念

집착하지 않고
차별하지 않으며
내려놓을 줄 아는 것

무거운 짐 나눠 짊어지고
슬픔과 고통을 함께 나누는 것

차별과 편견을 내려놓고
서로를 갈라놓는 경계선을
치워버리는 것

정념(正念)이 있으면
습관적인 사고방식과 생각의 내용을
인식할 수 있다네

정념의 밝은 빛을 비추어 진실을
볼 수 있게 해야 한다네

정념 : 잡념이 없이 편안한 마음. 불교 팔정도(八正道)의 하나

자유로운 의지

푸른 하늘 바라보며

꿈을 꾸던 어린 시절

은은히 빛나는 별빛 따라

길을 걷던 날들

샛바람 느끼며 미소 짓던 순간들

날아오르는 새처럼 자유로운 마음으로

살아가리라 다짐했지요

높이 솟아오른 산봉우리

올라서서 세상을 바라봐요

은빛 물결 일렁이는 강물 위로

윤슬이 부서져요

자연과 하나 되는 이 순간

향기로운 기억

하늬바람 몸을 맡겨 노래하는 지금

행복하다 말해요

나를 구속하는 이성

현실과 이상 사이
방황하는 당신

낡은 관습에 얽매여 자신의
시간과 에너지를 낭비하지 않는가

주어진 책임감으로
하고 싶은 대로 할 수가 없다

마음은 자유롭지만
나를 구속하는 당신

나의 의지대로 하는 것이 아니라
그대가 시키는 일을 해야 하는 것

집착과 소유

소유물은

기쁨이면서 즐거움이며

동시에 근심과 고통이라네

인간의 욕심이 화난의 씨앗

집착은 나를 얽매이게 하는 족쇄

거기에서 풀려날 때

속 빈 놈이 되어

홀가분함과 자유를 얻으리

인생은 언제나 풀기 어려운 숙제를 던져 주지만…

치우친 생각

편견을
품지 않는 사람은 없다네

치우친 생각을 버리고
열린 마음으로

다양한 관점을 수용하면
세상이 더 풍요로워질 거라네

많은 사람 자기중심적으로
세상을 바라보며 살아간다네

견해 차이를 인정하고
다양성을 존중하면서

서로 배우고 성장할 기회를
찾을 수 있다네

지혜의 나침반

인간관계를 쌓는데
두려움을 갖지 말아요
인간관계 속에서
즐겁게 살아가는 지혜가 더해져요
자신을 믿고 나아가요

방황해도 괜찮아요
바위산은 흔들리지 않는 것처럼
마음의 심지를 세우고
정신을 차리면 돼요

실패해도 괜찮아요
삶이 어찌 뜻대로만 되겠어요
어둠도
햇빛도
천둥과 번개 비바람도 있는 날들
자신이 가진 가능성을 믿어요

다시 앞으로 나아가기를

두려워하지 마세요

성공도 실패도 삶의 한 과정

내 삶을 가꾸는 인생의 주인이 되어요

거울 속의 진실

내 생각의 거울 앞에 서서
나는 오직 보고 싶은 것만을 본다
세상은 넓고 다양한데
왜 나는 한 조각만을 붙잡고 있나

진실이라 믿는 것들은
어쩌면 나의 착각일지도 모르는데
귀를 막고 눈을 가리며
나는 편안한 거짓을 선택한다

다른 목소리, 다른 시선
그것들은 내 확신을 흔들어
불편한 진실보다는
익숙한 오류를 껴안는다

세상은 회색빛 그림자인데
나는 흑과 백만을 고집하며
내 생각의 틀 안에서
진실이라는 환상을 좇는다

언젠가 이 거울이 깨지고
나의 편견이 무너질 때
비로소 나는 볼 수 있을까
있는 그대로의 세상을

확증의 덫에서 벗어나
열린 마음으로 바라볼 때
진정한 지혜의 문이 열리고
새로운 진실이 우리를 기다린다

어리석은 빌런^{Villain}

상식을 넘는 폭주

독설과 고함 싸움닭 같은 막말

어쩌다 완장 찬 소아(小兒)가

칼을 휘두르고 싶어 안달 난 모습

유치하고 치졸한 탐권낙세(貪權樂勢)

참과 거짓을 수시로 바꾸는 그들

말이 아닌 배설물

망언(妄言)의 홍수에 휩싸인 현실

세월이 흘러도 변함없는

그들만 옳다는 정의의 독점

가치보다 눈앞 권력 좇는 중독자들

유머와 위트가 양념으로 섞인 말

함께, 모두의 미래로 가 아쉽다

●
탐권낙세(貪權樂勢) : 권세를 탐하고 세도 부리기를 즐기다

나라를 지킨 영웅들

애달픈 역사 속
조국 위해 목숨 바친 님이시여

님의 심장 울리는 뜨거운 감동
님의 희생 영원토록 빛날 거예요

님의 용기와 헌신 역사에 남아
님의 이름 영원히 기억해요

국난 극복했던 님의 뜻 헛되지 않도록
숭고한 정신 지금도 이어지고 있어요

부싯돌 인생
꿈꾸는 것을
멈추지 말라

삶이 풍요로워지길

감춰진 아픔이 묻어나는
발목 잡던 긴 침묵의 시간
이젠 좋은 날이 왔어요
봄 향기 가득한 꽃길만 걷도록 해요

무거운 짐 내려놓고서
가벼운 마음으로 떠나요
희망의 날개를 펼쳐
새로운 시작을 향해 달려 가요

힘든 날도 있겠지만 괜찮아요
우리 함께 힘을 내 보아요
보석처럼 빛나는 미래를 위해 나아가요

함께라면 무엇이든 해낼 거예요
삶이 더욱 풍요로워지길 기도해요

해피 바이러스

들여다보라
그대의 맑고 하얀 눈빛을

알아차리자
진실과 마주한 그대의 사랑을

기억하자
사랑하는 그대의 투명한 마음을

곁에만 있어도 향기가 나는 그대
늘 내 편이었던 사람아

치유

몸은…
마음은 평온한가

두 손에 무거운 짐을 들고 있네
내려놓으면 편안해진다는 걸
알면서도

고집스럽게
괴로움을 끌어안고 있네

집착을 내려놓고
다독거리는 마음
평화로운 고향
돌아갔으면 좋겠다

희망찬 갑진년

새해 아침 밝아오는 햇살 아래
새로운 시작 설렘이 가득해요
우리 함께 걸어가는 이 길 위에서
꿈과 희망을 안고 걸어 가지요

우리 모두 하나 되어 나아가요
더 큰 목표를 향해 달려가지요
빛나는 미래를 꿈꾸며 나아가는
우리들의 이야기는 계속돼요

어둠을 뚫고 떠오르는 태양처럼
우리도 어둠을 이겨내며 살아가요
어려움과 고난 속에서도 빛나는
희망의 빛을 찾아 나가지요

우리의 삶 속에는 언제나 희망이

함께하는 순간마다 행복이 넘쳐나요

소중한 사람들과 함께하는 시간

그 안에서 우리는 더 강해져요

아름다운 세상이 펼쳐지길 바라며

해맑은 미소로 소원을 빌어요

흔들리지 않은 마음

참 맑았지
고개 들어 마주친
그대의 구슬 눈빛

참 따뜻했어
나 향한 시선에 고개 돌려 마주친
그대 입가의 미소

알아챘어
그 따뜻한 미소
그 흔들리지 않은 마음

내 마음도 알아채라고
그대를 향해 웃어 보였어

알아채길 바라는 건 내 마음이고
알아채지 않길 바라는 건 그대일지도

우리는 그렇게 서로를 바라보며

마주한 진실된 마음

그대의 사랑

나의 사랑

눈으로, 미소로 말하고 있었는지도…

희망의 도시

갈매기 마음 열어 날갯짓
해풍 맞은 동백
미소로 화답하네

침묵하는 섬들
푸른 파도 진심 다해
따뜻한 마음 품어 안네

천마가 가슴 활짝 열었네
아름다운 세상이라며
관용의 미소 담았네

오륙도 걸친 환희 속 불꽃
축복을 노래하고
웃으며 손짓하네

소중한 너의 인생

연둣빛 새싹
열매 맺고
풀잎 향 작은 꽃잎 피워

고운 빛
겸손한 마음으로 희망을 담아

둔덕 마른 풀섶
바람에 코끝 스친
은은한 라일락 향기
꽃이 필 거야

●

둔덕 : 가운데가 솟아서 불룩하게 언덕이 진 곳

월계수의 틀

그대가 겪고 세상이 함께 한
수많은 역사의 사건들
그 긴 여정이 당신의 세상을 만든 것

걷고 걸어도 끝나지 않는
세상 유영하고
고통도 아픔도 슬픔도 없이
그저 보라색 천을 몸에 휘감고
춤을 출 뿐

끝이 없어 무한히 고통스러운
것이 아니라
인생이라는 여정을 위로하는
평안한 곳

이젠 겸손으로 평온을

만끽할 시기

지난 서러운 몸짓 모두

내려놓고

세상을 바라본다

뫼비우스의 띠를 두른 그대

월계수의 틀로 새로운 날개를 펴리라

●

뫼비우스의 띠 : 무한반복 영원의 삶

고요함 속 찾아온 평화

고목나무
외롭게 매달려 있는

마지막 낙엽 같은
초라한 12월의 달력

올 한 해 인간 세계에서 겪어온
바쁨 속에서도 지칠 줄 모르고
열심히 살아온
행복해야 할 우리의 삶 속에서

한 해 동안 고마웠던
내 주위의 모든 분들에게

의미 있고 뜻있는 관심과
따뜻한 사랑 속에서
행복했노라고!

갑진년 새해에는 적당히 바쁘면서

삶 속에 행운의 좋은 일만

가득하길 바라면서

희망적인 소중한 꿈을 향해

마음들이 속삭인다

나를 사랑해요

힘들었던 날들도
아팠던 기억도
모두 모두 잊고서
나를 사랑해 봐요

화내고 미워했던 마음도
사랑했던 순간들
한 번 더 생각해 보면서요

나를 안아 보아요
용기 내어 보고
희망의 빛을 품어 봐요

새롭게 다가올
너그러운 사랑
우리 함께해 봐요

빼뽀쟁이

아스팔트 틈새 물결치듯
예측할 수 없는 환경에
자리 잡은 이름 모를 잡초

잘리고 밟혀도 죽지 않는
강한 생명력 자랑하는
경이로운 너

어떤 어려움도 굴하지 않이
포기하지 않고 극복하는
너의 교훈 앞에

우리의 삶이 더욱 단단해져
풍요로워지고 행복해질 것이야

●
빼뽀쟁이 : '질경이' 의 방언

스승과 제자

교실 창가 햇살이 스며들 때
스승의 눈빛 따뜻했네
묵묵히 걸어온 길 위에
제자들의 꿈을 심어주었네

칠판 가득한 글씨 속에
삶의 지혜 담아내고
질문 속에 숨어 있는 답을
함께 찾아가는 여정이었네

조용한 교실, 책상 위에
지혜의 등불 밝히는 스승
그의 눈빛 속에 담긴
수많은 별들이 반짝인다

때론 엄하게, 때론 부드럽게
그 손길 닿는 곳마다
스승의 가르침 마음에 새겨
희망의 씨앗이 자라났네

졸업의 순간이 다가올 때
제자들 아쉬움에 발걸음 멈추고
스승의 미소 속에서
새로운 길을 향한 용기 얻었네

시간이 흘러도 변치 않을
스승과 제자의 깊은 인연
그 가르침의 빛은 영원히
제자들 마음속에 빛나리라

우리의 꿈으로 가는 길

꿈을 향한 여정은 쉽지 않지만
포기하지 않고 끝까지 걸어가요
때로는 지치고 힘들 때도 있지만
우린 항상 서로를 의지하며 가요

우리는 혼자가 아니에요
서로가 서로에게 힘이 되어요
함께라면 어떤 어려움이든 이겨내며
우리의 꿈을 이룰 수 있을 거예요

가끔은 길을 잃고 헤매기도 하지만
그럴 때마다 우린 다시 일어서요
실패는 성공의 어머니라는 말처럼
실패를 통해 배우며 성장하죠

우리의 꿈은 결코 작지 않아요

큰 세상을 향해 나아가요

어떤 어려움도 이겨낼 수 있어요

우리가 함께라면 무엇이든 가능해요

초록의 봄 물결칠 때

마음 시큼해지는 봄
들꽃들의 고운 눈웃음 인사하네요
봄바람 한들한들 불어오면
내 마음도 따라 살랑살랑 흔들려요

봄 햇살 바람 타고 내리네요
추운 겨울 지나 찾아온 따뜻함
새싹들 기지개 켜고 산자락 둔덕 위
새들 노래해요
모든 것이 새롭게 시작되는 느낌이에요

봄 향기 새로운 시작 알려요
겨울 동안 움츠렸던 마음 풀리고
새로운 꿈과 희망 품어볼 수 있게 되죠
봄은 우리에게 희망과 용기를 줘요

봄 향기 맡으며 산책하면

푸른 마음 평화가 와요

신록의 향기 함께 봄을 맞이하면서

행복한 시간을 보내고 싶어요

봄의 향기 마음에 활력을 주네요

난초

양질의 토양에서 자라나
우아한 꽃을 피우네
너의 향기 마치 동양의
신비로움 닮았다네

너의 청초한 아름다움
말로 표현하기 어려워
너의 향기로움 더해져
더욱 특별하다네

너의 꽃향기
산들바람 타고 불어오네
꽃을 피우기까지 기다릴 줄 아는
겸손함을 배울 수 있는

고고함과 함께 머무니

여린 꽃잎

너의 향이 그윽해지네

세상을 향한 도약

파도치는 바다 위에 서 있네요
삶은 어디로 흘러가는 걸까요
저 멀리 보이는 작은 섬 하나

울부짖는 바람 불어와 마음 흔들고
눈물이 흘러내려도 괜찮아요
언젠가 저 섬에 닿을 테니까요

파도치는 삶 위에 서핑하며
이리저리 흔들려도 보고
평안한 수면 위를 서 있어 보기도 해요

파도는 계속 밀려오고요
삶은 언제나 흔들리지만
포기하지 않고 나아가요

언제가 원하는 곳에 도착할 거예요
오늘도 힘을 내서 걸어가요

파도를 타고 바람을 맞으며
한 걸음씩 앞으로 나아가는 거예요
살다 보면 언젠가는
빛나는 순간을 맞이할 거라고 믿어요

때로 힘들고 지칠 때도 있겠지만
난 항상 바다를 찾아요
파도 소리, 바람 소리
저를 위로해 줘요

그곳에서 세상을 향한 도약을
새로운 희망을 얻어요

꿈의 불빛

차가운 바람 부는 추운 밤
난로 옆에서 꿈을 꾼다

창문 밖 풍경은 하얗게 빛나고
세상은 조용하지만
힘들고 고달픈 날들 추억이 되어
붉은 무대에서 꿈의 빛을 낸다

마음에 물을 주고 거름을 주며
정성스럽게
희망을 가꾸어서 불빛을 밝힌다

마음이 머무는 시간

생각은 늘 남들과
비교하기를 좋아하죠

남들은 다 잘 살고
나만 못 사는 거 같아서
불안한가요

마음은 행복과 불행의
원천이라오

생각과 욕망을 따라가면
늘 부족하지만

만족과 현존으로
눈앞을 살면
늘 고요하고 풍요로워진다오

내면의 평온함 채우기

기러기 연못을 지나가도 스치면 그뿐
연못은 기러기의 흔적을 남겨 두지 않는다 하고

바람이 불어와도 지나가고 나면
대숲은 소리를 남기지 않는다 하네

가면 가는 대로 오면 오는 대로
자연은 집착하거나 미련을 두지 않는다네

물같이 바람같이
강같이 구름같이
살다가 가라⋯ 나옹선사 얘기했나

안개 같은 삶의 불확실성 걷어내고
안정감 느끼며 현재를 오롯이 즐길 수 있을까

삶의 들판에 찬바람이 몰아칠 때

현실의 무게에 구겨졌던 마음 슬며시

펴질 것 같은 내 마음의 평온함

밝은 미래

우리들은

다른 환경 속에서 자라고

환경 안에서 생활하고 배워나가죠

모두의 생활은 환경의 영향을 받는다오

귀청을 찢는 천둥소리

번쩍이는 번개

자유로운 자연 속에서

영향을 주고 변화를 만들지만

다양한 환경에 무릎을 꿇거나

무조건 참고 순응할 필요가 없어요

어려운 일도 있겠지만

함께라면 이겨낼 수 있죠

미래는 밝고 희망차니까요

서로에게 힘이 되어주며

나은 미래를 꿈꿔 봐요

인생은 여행

인생이란 긴 여정의 시작점
생각대로 되지 않는 게 더 많지만
은은하게 빛나는 순간들이 있기에
여행을 떠나듯 삶을 살아가네

이른 아침
따사로운 햇볕을 받으며
자유로운 영혼들의 발자취를 따라가는
인생길에서
아름다움을 느끼게 할 것이네

우울한 산골짜기를 지나고
기쁨의 산봉우리를 넘어
슬픔의 강과
분노의 바다를 건너
생명의 최고봉에 올라
가장 아름다운 풍경을 감상할 수 있다네

인생을 살아가는 건 한 편의 영화 같아서

생각과 감정이 끊임없이 교차하는 과정

은하수처럼 아름다운 순간이 찾아오기도 하고

여행의 설렘을 안고

행복을 찾아 살아가네

생에서 죽음까지는 한 걸음의 차이인데

인생에서 가장 진귀한 보석

내려놓는 법을 배워

행복한 순간을 놓치지 않고 즐긴다네

비파열성 뇌동맥류

고요한 마음속 깊은 곳에
숨죽인 채 자리한 그림자
비파열성 뇌동맥류라 불리는
보이지 않는 위협의 존재

조용히 흐르는 시간 속에
아무도 모르게 자라나는 불안
어느 날 문득 찾아올지 모를
예고 없는 폭풍의 전조

의사의 말은 신중하고
정밀한 검사가 이어지네
작은 희망과 두려움 사이
선택의 갈림길에 서 있네

삶의 소중함을 다시금 느끼며

매일의 순간을 감사하게 되네

건강을 지키려는 결심 속에

새로운 길을 향해 나아가네

비파열성 뇌동맥류, 그 이름 아래

희망과 용기로 맞서리라

삶의 소중한 순간들을

더욱 빛나게 가꾸어 가리라

랩탑Laptop

코드의 바다에서 태어난
눈부신 컬러 빛 화면 터치패드
나의 아침을 깨우고
하루의 계획을 세우는 도우미

나의 일상에 스며들어
북적이는 데이터의 세계 헤엄치며
무한 세계와 마음을 잇는
함께 성장하는 지혜의 친구

창조의 순간 함께 나누고
복잡한 문제 간단히 정리해
지식의 바다에서 길을 잃지 않게
빛나는 별처럼 안내해 주는 존재

2부_ 부싯돌 인생 꿈꾸는 것을 멈추지 말라

세상과 소통의 다리 놓아
살아 숨 쉬게 하고
소중한 삶을 만들어 내는
미래를 함께 그려가는 동반자

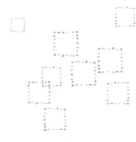

일곱 개의 별

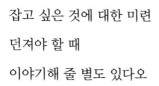

하늘에는 북극성

그대를 인도할

일곱 개의 별이 빛나고

잡고 싶은 것에 대한 미련

던져야 할 때

이야기해 줄 별도 있다오

감정과 이성 사이의 갈등

마음을 정해야 할 때

세상을 차가운 이성으로 보아요

희망은 있다오

아름다움이
있는 세계

산타 할아버지

붉은 노을 하늘을 물들이고

어느새 밤이 되었어요

밤하늘 반짝이는 별빛 내리고

타박타박 소리가 들리네요

할아버지가 오셨나 봐요

산타가 선물을 주러 온대요

아!~

요정이랑 같이 왔어요

Merry Christmas Happy New Year

가을 발자국

노을 진 들판 갈댓잎 하나
바람에 흩날리고
풀잎 사이 스며드는 이슬
그윽한 향기 가슴을 울려요

아름답게 익어가는
가을 발자국
고독해서 시린 편린의 추억
어느새 가득 가을을 품었나

쌀쌀한 바람 몸 움츠리게 하면서도
가슴은 따뜻한 사랑으로 가득 차네요

산뜻한 공기 숨결 가볍게 하고
가을 풍경 눈망울을 즐겁게 하여요

나라의 보배

초록으로 싱싱한 오월의 햇살
오월은 푸르고 우리는 자라요

기쁨을 낳는 즐거운 어린이날
우리 함께 모여 신나게 놀아
하얀 웃음소리 울려 퍼져요

오늘은 우리들 세상
아름답게 빛나는 미래를 꿈꾸며
힘차게 나아가요

행복한 넓은 세상 언제나
우리 곁에 있어요

우리는 나라의 보배
예쁜 꿈 방긋방긋 꿈틀대며 반짝여요
이 세상 모든 어린이 앞날은 밝고
행복할 거예요

가을의 노래

가을바람 속삭이는 날
낙엽이 춤추는 길을 덮네
황금빛 햇살 아래
추억이 스며드는 이 순간

나무들은 옷을 갈아입고
하늘은 깊은 파란색으로 물들어
그리움은 바람에 실려
멀리 떠난 그대 이름을 부르네

커피 한 잔의 따스함
차가운 공기 속에 스며드는 향기
우리가 나누던 웃음소리
가을의 정취에 묻혀 흐르네

별빛 쏟아지는 밤

달빛 아래 나 홀로 서 있네

그대와 함께한 그 순간들

이 가을밤에 다시 피어나

사라진 계절의 끝자락

다시 만날 날을 기다리며

가을의 노래를 부르며

그대를 그리워하는 이 마음을 전해

그대와 함께라면

나는 행복합니다
그대와 함께 매일 아침 눈을 뜨면
새로운 하루의 시작 기대돼요
사랑하는 사람과 함께라서요

나는 행복합니다
그대와 함께 부르는 노래에
내 마음 따뜻해집니다
영원히 기억될 소중한 추억이기에

나는 행복합니다
그대와 함께라면요
어떤 어려움도 극복할 수 있으니까요
함께라면 무엇이든 해낼 수 있다 믿어요

나는 행복합니다

작은 일에도 감사하며

소중한 시간을 보내고 있기에

오늘도 웃으며 하루를 시작합니다

나는 행복합니다

지금 이 순간에 충실하면서

매일을 소중하게 여기며 살아가고 싶어요

그래서 이렇게 미소 짓습니다

국화

은은하게 퍼지는 당신의 하얀 미소
행복을 선사하는 소중한 당신

좋은 일이 있을 때 함께 기뻐해 주고
슬픈 일이 있으면 위로해 주는 당신

화사하게 미소 짓는 노란 당신이
눈길을 사로잡네요

화려한 꽃잎과 향기 매력적인 당신
말로 표현할 수 없지만
마음으로 느껴지는 따뜻한 당신

당신의 그윽한 향기에 취한
꿀벌들 합창 소리 추억을 담아요

이부자리

부드러운 미소

포근한 얼굴

둥근 마음 보금자리

선물 주는 당신

언제나 사랑받는 그대

오늘도 내일도 행복한 날들 이어지길

●

이부자리 : 잠자리에 사용하는 이불과 요 등의 침구

관음과 마주하는 시간

온화한 미소

아름답게 빛나는 그대

그윽한 눈빛으로 말을 이어 오네

등에 짊어진 탐진치(貪瞋痴)

잠시 내려놓으라 일러 주네

자비로움으로 세상을 밝혀 주는 그대

세상의 모든 고통과 어려움

감싸 안아 주는 그대

음양의 조화 이루어 지혜로운

삶을 이끌어 주는 그대

보석같이 빛나는 미소

따뜻한 눈빛

사랑과 자비로 온 세상

행복 전해 주는 그대

인간의 생애에서
욕심과 순수한 희망
구분할 수 있어야 한다며
법향 가득 전해 주네

●

탐진치(貪瞋癡) : 탐욕(貪欲)과 진에(瞋恚)와 우치(愚癡), 곧 탐내어 그칠
줄 모르는 욕심과 노여움과 어리석음. 이 세 가지 번뇌는 열반에
이르는 데 장애가 되므로 삼독(三毒)이라 함(시공 불교사전)

부처님 오신 날 2

심장에 핀 하얀 연꽃

분홍 보라 노랑

고운 연등 물결

장엄한 연꽃에 환희심을 낸다

붉은 연등 달아 님을 위해 합장

연꽃의 세상도 내 삶이요

진흙의 고단함도 내 삶이라

마음의 평화, 행복한 세상

중생 염원

향불에 타들어 간다

나를 밝히는 안경^{眼鏡}

그대 세상을 보는 창문

내 눈의 거울

그대 날 비추는 빛

때로는 흐릿하게
세상을 왜곡하기도 하지만

언제나 함께하는 삶의 일부
날 보호하는 소중한 존재

그대 눈에 비친 따뜻한 세상
곁에 있어 아름다워라

달빛 사랑

은은한 달빛 아래 사랑을 속삭여요

은하수 별빛보다 빛나는 사랑

바다의 파도 소리처럼 감미롭게

랑데부 같은 만남을 꿈꿔요

그대 깊고 넓은 바다 같은 사랑

나를 흐노니게 했던 그대

못다 준 나의 사랑아

●
흐노니 : 무언가를 몹시 그리워하고 동경하다

사랑의 씨앗

마음속 사랑이 있을 때

모든 말은
햇빛도 함께 즐겁게 춤추고

그대와 함께한 순간들
모든 동작 기쁨의 씨앗을 뿌리니

따뜻한 행복을 위한
사랑이 싹트고

무럭무럭 자라
꽃피울 준비가 되었어요

그대 얼굴에 띤 꽃의 미소

산새들의
청아한 노랫소리

팔랑팔랑
나비의 춤

마음 비추는
오솔길

신비로운
에너지 일으키고

활짝 핀 꽃송이처럼
아름다움 선사하네

비와 나

창가에 앉아 비를 바라봐요
하늘에서 떨어지는 물방울들
땅 위에 떨어지는 빗소리
작은 웅덩이를 만들어요

시인의 농장에도 비를 적셔요
나무와 풀잎들 촉촉하게 만들고요
꽃들은 잎새의 날개를 펴고
활짝 웃음 지어요

톡톡톡
창문 두드리는 소리
눈을 감고 귀 기울여요
빗방울 하나하나 마음속에 들어와요
비와 한마음 되어 덩달아 젖어 드는

아름다운 사유의 기쁨
하나둘 깨어나네요

봄 처녀

밤새 얼어붙었던 가슴 섶 풀어헤치고
훈훈한 숨 토해내며
힘차게 기지개 켭니다

언 강물 위에 하얀 발목
적셔보니 이미 봄이 찾아와
이 몸
청아한 기운만을 받네요

얼었던 강물 녹아 마음 적시니
대지에 풀들 그 향기로 보답하고요

달빛 밤하늘 가득하고
들판에 꽃 만개하니

꿈꾸는 부푼 처녀 가슴 같아요

민들레의 미소

민둥산 레몬 빛 햇살 비추면
깊숙이 박은 튼실한 땅속
레모네이드처럼 상큼한
노란색 고운 꽃잎 피워

봄바람 흔들리며 춤을 춥니다
더 큰 세상 향한 아기 홀씨
날개 달고 퍼져 나가며
행복 미소 지어요

나무 같은 사람

언제나 든든하게 곁을 지켜 주고
흔들리지 않는 기둥 기댈 여유 줘
그늘 아래 평안하게 쉬어가는
그런 나무 같은 사람

살아가면서 많은 유혹과 시련
힘들고 지칠 때도 있지만
다시 일어설 용기를 얻을 수 있는
그런 나무 같은 사람

늘 변함없이 내 편이 되어
푸념은 따뜻한 미소로 들어 주는
늘 의지가 되고 위로가 되는
그런 나무 같은 사람

고마워요
언제나 함께해요

사랑의 감정

삶에서
가장 소중한 가치 중 하나
서로를 이해하고 존중하는
마음을 나누는 것

물처럼 스며들어
마음 한없이 부드럽고
섬세하게 만들어 준다네

사랑하는 사람과 함께하는 시간은
언제나 행복
랑데부하는 순간마다
사랑 더욱 깊어지는 것

코스모스

파란 하늘 솜털 구름
가을 햇살 몸 실어
찾아오는 그대

살랑살랑 스쳐 가는 바람에
아름다웠던 기억의 저편
어깨춤 추며 온 당신

코끝에 스치는 그대의 향기
다정한 미소로 나를 안아줘
가슴 뛰게 하는 소중한 추억

그대와 함께하고 싶어요

연리지連理枝

숲속 깊은 곳
두 나무가 서로를 향해 자라네
뿌리는 다르지만
하늘을 향한 마음은 하나

바람이 불어와도
흔들림 없이 함께 서 있는
연리지의 가지들
사랑의 힘으로 엮인 운명

시간이 지나도
변치 않는 그들의 이야기
서로를 감싸 안으며
하나가 되어 가는 여정

연리지 속삭이네

사랑은 서로를 잇는 것이라고

각기 다른 시작에서

하나의 끝을 향해 나아가는 것이라고

숲의 노래 속에

영원히 남아 있는 그들의 이야기

연리지 우리에게 말하네

사랑은 함께 자라는 것이라고

●

연리지(連理枝)는 두 나무의 가지가 서로 맞닿아 하나로 이어진 모
습을 뜻하며, 깊은 사랑과 결합의 상징

연리지 連理枝 2

숲속 고요한 아침
햇살 부드럽게 내리쬐는 곳
두 나무 서로를 향해
천천히 손을 뻗어가네

오랜 세월
비바람 견디며
서로의 존재를 느끼고
마침내 하나로 이어진 가지들

연리지 말하네
서로 다른 뿌리에서 시작된
두 생명이 만나는 기적을
그들의 사랑은 자연의 선물

3부_ 아름다움이 있는 세계

어느새 하나가 되어

더욱 강하게 뻗어가는 가지

그 안에 서로를 향한

끝없는 신뢰와 의지가 깃들어 있네

연리지 속삭이네

사랑은 함께 자라나는 것이라고

서로 다른 길을 걸어왔지만

결국 하나의 꿈을 이루는 것이라고

숲의 숨결 속에

영원히 남아 있는 그들의 이야기

연리지는 우리에게 전하네

사랑은 함께하는 여정이라고

산사의 풍경소리

산등성 품어 안은 침묵 속
처마 밑 청량한 풍경소리
노래하는 숲새 친구들
무량한 복을 누린다

마음자리 고요한 숲속
평안한 고승의 불경 소리
울부짖는 사유의 영혼
어떤 욕망도 힘을 잃는 시간
그 완벽한 순간에 자신을 내맡겼다

부처의 행(修行)을 하는 도량
앉아 있는 그 자리가 깨달음의
장소인가
집착 없이 살아 숨 쉬는 것에
감사의 마음을 낸다

참마음으로 님의 가르침

진리에 눈 띄워

마음속 지혜 찾기

두 손 모아 발심한다

감로법(甘露法) 인연 따라…

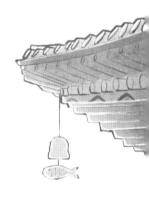

●

감로법(甘露法) : 부처의 가르침을 한번 믿으면 끝없는 공덕과 이익
을 얻음을 비유적으로 이르는 말

가을 풍경 속에서

하나둘, 떨어지는 낙엽 속에서
고독이 내린 이 가을
당신을 그립니다
떨어지는 낙엽처럼
마음은 쓸쓸히 흩어집니다

산뜻한 바람
하늘은 맑고 푸른데
마음만은 차갑습니다
가을의 풍경 속에 그리움은
더욱 깊어집니다

낙엽이 춤추는 가을바람에
당신을 그립니다
쓸쓸한 공기 속에서
그대의 향기를 느낍니다

3부_ 아름다움이 있는 세계

산등선 석양빛

은행잎 떨어져 가을이 오면

풀잎 사이로 스며드는 이슬에

당신을 그립니다

일상 속의 AI

새벽의 햇살이 창을 두드릴 때
잠든 도시 깨우는 부드러운 속삭임
그 속엔 보이지 않는 친구가 있네
우리 곁에 스며든 인공지능

커피 향기 가득한 아침
한 손엔 스마트폰, 한 손엔 일상
날씨를 묻고 길을 찾으며
우린 이미 그와 대화하네

출근길 붐비는 지하철 안
이어폰 너머로 들려오는 음악
그 선율 속에도 숨어 있지
우리를 위한 맞춤형 멜로디

사무실의 바쁜 하루 속
문서 작성, 일정 관리
그 모든 과정에 손길을 더하는
보이지 않는 조력자 AI

저녁이 오고 집으로 돌아와
따뜻한 불빛 아래 휴식할 때
영화 한 편, 추천받은 이야기
그 속에도 그의 흔적이 있네

잠들기 전 하루를 돌아보며
우린 깨닫네 이 모든 순간에
함께했던 그 존재
일상에 스며든 인공지능

●

AI가 우리의 일상에 어떻게 스며들어 있는지를 표현하고자 했습니다.

불굴의 의지

푸른 잎사귀, 늘 푸르른 그대
사계절 품고 있는 상록수여
봄의 따스한 햇살 아래
새싹은 피어나고, 생명의 춤을 추네

여름의 뜨거운 태양 아래
그늘을 드리워 주는 그대의 자태
무성한 잎사귀 사이로
바람은 속삭이며 지나가네

가을이 오면, 다른 나무들
황금빛으로 물들어 가지만
상록수여, 그대는 변함없이
푸르름을 지켜내는구나

겨울이 와도, 차가운 눈 속에서도
굳건히 서 있는 그대의 모습
희망의 상징으로
우리에게 용기를 주네

사계절 함께하는 상록수여
변함없는 그대의 푸르름
우리의 마음속에
영원히 남아 있으리라

한여름 밤하늘

별빛 내리는
밤하늘 바라보며
소원을 빌어요

밤 깊어질수록 더욱
빛나는 별빛

바쁘게 살아가는
일상 속에서
잠시나마 여유를 가져요

별이 흐르는 밤
꿈과 소망을 품고
내일 향해 나아가요

3부_ 아름다움이 있는 세계

늘 함께하는 소중한

그대가 있어

행복한 시간이에요

4부

사랑 가득
행복을
꽃피우는 여정

아침 운동의 즐거움

이른 아침
맑은 공기, 시원한 바람

시야 가득 펼쳐지는 천혜의 자연환경
초록 양탄자를 깔아놓은 잔디밭
빼어난 경관과 코스 레이아웃의
절묘한 조화

아~하!
탄성을 자아내기 충분하다

고원의 청량함 속
힐링 라운드를 만끽할 수 있는
골프로 시작하는 아침 운동은 상쾌하다

전투복 입고 필드에 서면 기분이 180도
리프레시 된 기분으로 필드에 나간다

일자로 곧게 뻗은 스트레이트 홀

프랙티스 스윙을 하며 몸을 풀고

스릴 넘치는 짜릿한 퍼팅과

한방을 날리는 멋진 드라이버샷이

기대된다

그린 위 잔디에 공이 굴러가는 자국이

멋진 그림을 그린다

땡그랑~

그 쾌감 짜릿하다

트레일 코스 따라 걸으며 자연을 만끽하고

운동 후 먹는 막걸리는 꿀맛!

몸과 마음을 건강하게 해주는

좋은 스포츠

골프를 통해 건강한 삶을 유지한다

4부_ 사랑 가득 행복을 꽃피우는 여정

오늘도 나이스 샷!!

참 아름다운 그대

은하수처럼 빛나는 미소
사랑하고 배려하는 가슴
따뜻한 그대

긍정적인 에너지를 주며
람보르기니보다 더 빠른 속도로
행복을 전하는 그대

베풀고 나누는 데 인색함 없는
은은하게 감동의 눈물 주는 그대

람보 같은 힘과 용기 가지고
어려움을 극복하는 그대

이슬빛 웃음 가득한
햇빛처럼 환한 휴식 같은 그대

빙그레 미소 짓게 하는
그대의 향기 몽실몽실

참 아름다운
그대 품에서 희망을 키워요

달빛 아래 빚는 송편

달빛 아래 별들이 춤추는 추석
밝게 빛나는 보름달 떠오르는 밤

반달 모양을 하고 있는 넌
하늘과 땅, 음과 양을

팥, 검정깨 내용물로 채워진 넌
한 해 동안의 풍요를

가족이 함께 참여하여 만드는 넌
한 해 동안의 풍요를 담고 있으니
가족 간의 화합과 소통을

하얀 도자기 같은 넌
추석이라는 이름의 시간 속에
서로를 더 가까이 느끼며
같은 달빛 아래 모여있음을 기뻐한다

밤하늘 아래

행복이 가득하다

그리움이 저 달빛처럼 부드럽게

사랑이 밝게 내린다

가슴속에 새겨진 그리움을 이야기하며

가족의 사랑을 느끼는 이 밤

추석의 달빛 아래

시간이 멈춘 것 같다

네 안에 가득 담긴 모든 것이

올 한 해도

참 풍성하고 즐겁게 살았구나

사무치게 그리운 당신

세상이 망망대해 같아
내 삶이 칠흑 같은 어둠 속
대해를 표류하며 항해할 때도
으르렁거리는 파도 무섭지 않았고

혹여 만날지 모르는 암초도
이 순간 지나가는 일뿐이라며
이겨내게 해준 당신

매 순간 나쁜 일도, 좋은 일도
일어나는 것이니 감사하자며
삶의 위안 가져다주신 당신

활활 타오르는 모닥불 같은
뜨거운 사랑
내 가슴에 따뜻한 이불이었다오

난(蘭)의 향을 무척 좋아했던 당신

자신의 삶을 깊이 사랑할 줄 알았으니

당신이 따라주는 술 한 잔에

슬픔과 고통, 힘듦을 이겨낼 수 있었다오

그립고,

그립다…

더 애틋한 사랑만 내 마음에 남았나 보다

그리움, 울음처럼 흐른다

무지개 당신

무지개 끝에 가면
행복 담은 보물이 있다며
내내 바쁘게만 살았지만
행복은 무지개 끝이 아니라
내 발꿈치 옆에 있었다오

무슨 말이든 조용히 들어주며
외롭지 않게 있어 주는 당신이
나의 행복이었어

왜 그렇게 오랫동안
먼 곳에 있는 무지개 끝에
무엇이 있는지만 바라보다가
내 발꿈치 옆을 보지 못했을까

수십 년을 그랬던 것처럼
차 한 잔을 마시고 싶다는
이야기에도 귀 기울여주는
당신이 있어 참 행복하다오

옆에 서 있는
당신이라는 무지개를 바라보며
이제야 흘려보낸 시간 행복을
주워 담아 보아요

사 랑 해 요 내 사 랑

삶의 행복

늘 푸른 잔디밭
백마를 탄 아이의 표정
행복과 만족감이 넘치고
충만한 에너지가 넘친다

태양을 좋아하는 해바라기
붉은 깃발 아래 아름답게
피어 있다

순결한 도담 아이
마냥 즐거운 모습이고
가정에는 평온하고
웃음이 끊이지 않는다

가족은 사랑을 나누며
서로의 존재를 확신한다
서로의 존재만으로 삶의
충만함이 느껴진다

따뜻하고 풍요로운 삶이다
그러니 앞날은 밝고 외롭지
않을 것이다

●

도담 : '도담하다' 의 어근 도담은 순우리말로 '야무지고 탐스럽
다' 를 뜻합니다.

어머니 모습을 한 보름달

밤은 이토록 차분하고
어둡게 내려앉았는데
내 마음은 모든 것이
모호하고 불안하다

그저 혼자 속앓이하며
실낱같이 보이는 별빛 같은
희망을 찾아본다

찾는다고 보이려나
그저 바라보기만 하는
내 마음처럼
모두 나약할 뿐이다

저 둥그러니 매끄럽고
하염없이 빛나는
밤하늘의 보름달만이
어머니의 말씀처럼 빛난다

"벗어날 수 없는 집착과 미련
이 유혹과의 싸움 이겨내야
내성 강한 자신을 만날 수 있다"

어머니의 말씀 되새겨보니
어리석은 생각으로 가득 찼던
내면이 정화되는 듯하다

다시 밤하늘이 조용해졌다
저 멀리 보이는
작디작은 별빛처럼
희망은 너무나 작지만

괜찮다!

별은 작아도 밝고 고요하여
오늘같이 보름달이 뜬 밤이면
온갖 세계의 모든 것들과
하나 되어 환히 빛나는 듯하다

4부_ 사랑 가득 행복을 꽃피우는 여정

반려견 코미

사랑하는 순둥순둥 코미
눈이 큼직, 둥그스름한
영리하고 활발하던 넌
언제나 소중한 우리 가족이었어

항상 우리를 사랑했고
우리가 슬플 때 위로해 주었으며
기쁠 때는 함께 기뻐했지

처음 네가 미용 후 가출했던 날
현수막 현상금 붙여 열흘 만에
27홀 깊은 CC에서 다시 재회한
순간을 아직도 잊을 수 없어

거동이 불편하고 어려워하는
너의 모습 보며
많이 슬프고 가슴이 아팠지만

기운 넘쳐흐르도록 많이 먹고
편안하게 잘 수 있도록 노력하며
너의 아픔이 빨리 가라앉아

다시 기운차게 뛰어다니는 모습
볼 수 있기를 바랐고
힘을 내 달라고 말했는데…
뭐가 그리 바빠 무지개다리 건넜나

기억해, 18년 함께했던 넌
우리에게 있어 소중한 존재라고
너와 함께한 모든 순간들이
우리에게는 소중한 추억이야

고마워,

너와 함께라서 행복했고,

너와 함께라서 아픔도 견딜 수 있었어

네가 있어서

우리 인생이 더욱 풍요로워졌어

우리는 너와 함께한 시간들을

영원히 기억할 것이야

예쁜 곳으로 편히 갈 수 있도록 기도한다

사랑을 담아, 너의 가족

사랑이란 이름으로

사랑이란 이름으로

연을 맺고 살아간다

기쁠 때나 슬플 때나

매 순간

푸른 마음 변치 않는 사랑

끝날 때까지 함께할 우린

부부(夫婦)

오늘도 사랑하자

참마음으로 영원할 것처럼

열심히 진실하게…

엄마의 추석 2

금빛으로 물든 하늘 아래
자식의 향기가 그리워져

송편 달린 칠보상 차려놓고
추석의 달빛 아래 웃음 짓네

은은한 달빛이 비치는 밤

가족들 모여 앉아
도란도란 이야기 나누며
달빛 아래 모두가 행복하기를 비는

어머니의 손길과
따스한 미소 생각나네

인생 2막

열심히 살아왔다 생각해도

허무가 밀려오고

알 수 없는 외로움에 방황하는 나이

가족을 위해 살아온 삶

품 안의 자식은 떠나고

빈자리만 크게 느껴지는 나이

온전히 나 자신을 돌아볼 수 있는

새로운 출발이자 모험의 시작인가

인생이란 아름다운 선물 같은 것

매 순간 감사하며 살아가자

삶의 의미 되새기며

진정한 나를 찾아가는 여정을 떠나보자

인생의 무상

죽음은 모든 것의 끝이자 영원한 이별이죠
살아있는 자들에게는 슬픔과 아픔을 안겨 줘요
죽은 자는 말이 없고 산 자는 슬픔에 잠기죠
죽음의 순간은 너무나 갑작스럽고 황망해요

인생은 짧고 죽음은 누구에게나 찾아오죠
언제 죽을지 모르는 게 인간의 운명인 듯해요
살아있을 때 후회 없는 삶을 살아야 하고요
죽음을 두려워하지 말고 현재를 즐겨야겠어요

죽음이 끝이 아니라 새로운 시작이길 바래요
영혼이 영원히 죽지 않는 세상이 있다면 좋겠어요
그곳에서 사랑하는 이들과 재회하기를 바라고요
영원히 안식을 누리기를 기도할게요

인생무상이지만 그래도 삶은 소중하니까
후회 없도록 매 순간 충실하게
하루하루 열심히 살아가야 하겠어요

어머니의 울타리

흰 서리 머리 위
내려앉은 세월의 흔적
여정 속에서 만나는
어려움과 기쁨들

삶의 무게만큼
깊은 사연 남긴 수많은
당신의 발자국

정든 사람들과 함께 걸어가는 길
행복하고 소중한 순간들이 가득

세월이 지나도 변하지 않는 그 미소
주름이 깊어갈수록 더 아름다운 당신

삶이 외롭지 않게 해주는 울타리

영원히 기억될 울 엄마

인생의 여정을 위해

오늘도 힘차게 나아가요

삶의 향기 바람을 타고

아침 햇살이 창문을 두드리고
마음에도 따뜻한 빛 스며드네요
새들의 지저귐 공기 속 수놓는
자연의 아름다움 나를 미소 짓게 해요

손안에 쥔 커피잔의 여유로움
향긋한 향 기분 출렁이게 만들고
사랑하는 이와 미소 속 함께한 시간은
달콤한 향기로 기억되겠죠

노을빛 물든 산자락 바라보며 산책하면
하루의 피로가 사라지는 것 같아요
밤하늘 별들은 내게 속삭이고
평온한 밤 아름답게 물들어 가요

삶은 아름다운 향기로 가득 차

작은 일상에서도 피어나는 기쁨

행복을 찾을 수 있어요

매 순간

소중히 여기며 살아가리라

다짐하면서 오늘도 미소 지어 보아요

삶의 향기가 바람에 실려 오네요

친구여

친구여

이제 편안히 잠드시게

당신의 영혼은 자유로이 날아가고

세상은 당신을 잊겠지만

우리는 잊지 않으며

당신과 함께한 추억들을 간직하리라

당신이 떠난 빈자리는 크지만

당신을 기억하는 사람들은

여전히 남아 있어

당신과의 추억을 되새기며

살아갈 거라네

부디 가신 그곳에선 편히 쉬게나

은하수처럼 빛나는 소중한 친구여

이제 아픔과 고통에서 벗어나

영면(永眠)에 든 몸

그곳에선 행복만 가득하길 바라겠네

영원히 당신을 기억하고 사랑한다네

진정한 행복의 시작

행복 가득한 인생을 원한다면
많이 웃고 주변 사람들과
나누며 살아요

행복 가득한 인생을 원한다면
자신을 사랑하고 긍정적인
마음으로 살아가요

행복 가득한 인생을 원한다면
복잡한 세상 속에서 소소한
즐거움을 찾아 보아요

행복 가득한 인생을 원한다면
행운을 찾기보다 지금의
행복에 집중해 보아요

행복 가득한 인생을 원한다면

하루하루의 소중함을 느끼며

감사하는 마음을 가져 보아요

그렇게 우리는 충분히

큰 행복을 만들어 낼 수 있을 거예요

대나무

하늘 향해 뻗어 나간 초록 잎

그늘 아래 시원한 바람 머리를 적시네

너의 마디마디 삶의 교훈 담아

푸른 시간으로 마음을 닦는다

너의 강인한 생명력 희망을 주며

너의 곧은 대는 삶에 가르침을 주네

부지런히 땅속줄기 양분을 보내

후대 양성에 힘쓰네

시원하게 뻗은 줄기

일 년 내내 지지 않는 잎

지조와 절개의 상징이었나니

맑고 절개 굳은 너

천지의 도를 행할 군자가 본받을

품성 깊이 스며든다

정중동 깊은 하얀 침묵 속

대나무숲 사이로 서걱거리는

댓바람 소리가 내 마음을 일으키네

비익조 比翼鳥

푸른 하늘 아래
비익조가 날아오르네
하나의 눈, 하나의 날개로
홀로는 날 수 없는 운명

바람 속에서 서로를 찾아
하늘 끝까지 함께 날아가네
두 마음 하나가 되어
끝없이 하늘을 가르며

비익조의 날갯짓
사랑의 힘을 노래하고
어둠 속에서도 빛나는
영원한 동반자의 약속

하나의 몸이 되어
세상의 모든 풍파를 넘어

4부_ 사랑 가득 행복을 꽃피우는 여정

비익조는 우리에게 속삭이네

사랑은 함께할 때 완전하다고

●

비익조(比翼鳥) : 전설 속의 새. 암컷과 수컷이 각각 하나의 눈과 날개만을 가지고 있어 서로 짝을 이루어야만 하늘을 날 수 있다. 사랑과 협력의 상징

결혼기념일

하얀 마음으로 시작한 우리의 사랑

혼자보다 둘이 더 좋아

결혼 통해 새로운 시작을 했어요

혼이 담긴 사랑으로 더욱 단단해졌어요

일일이 말하지 않아도 염화미소로 화답해요

혼신의 힘을 다해 지켜온 우리 사이

기쁠 때나 슬플 때나 함께했던 날들

우리는 하나라는 걸 깨달았어요

영원히 기억될 소중하고 아름다운 추억이에요

최고의 아름다운 날

행복의 순간들

장미꽃으로 피어나네요

일 년 내내 행복한 날들이 가득하길 바래요

사랑해요!

●

염화미소 : 연꽃을 잡고 미소 짓는다. 마음에서 마음으로 전하는
이심전심

거울 속에 비친 모습

세월 품어 백발의 어르신이
거울 속에…
거울 속 나의 모습
아버지를 닮았구나

하나둘 생긴
입가에 주름살
잔주름 파인 눈가
흰서리 내린 머릿결

모든 걸 닮았구나
세상을 사는 모습까지

무심하게 가는 세월
황혼의 기러기
지나온 삶의 흔적이고

하늘의 별이 된 당신

보고 싶어도 볼 수 없는 아픔이

가슴에 공허함만 가득하네

닮은 듯 다른 우리 부자

아버지 닮은 나를 보고

미소 지으시네

아침 운동의 즐거움 2

아침 햇살 깨어날 때
짐(gym) 문턱을 넘어서면
힘찬 음악 소리
결심의 열기 나를 감싸네

스쾃 자세로 몸을 낮춰
무거운 바벨 어깨에 짊어지고
근육의 떨림 속에 나를 찾아
끝없는 도전의 길을 달리네

덤벨을 손에 쥐고
하나, 둘, 셋, 반복의 리듬
팔의 근육 불태우며
끈기와 인내로 나를 단련하네

러닝 머신 위를 달리며

바람을 가르는 내 발걸음

심장은 박자를 맞추고

길 위에서 자유를 느끼네

땀방울이 바닥에 떨어질 때

오늘도 나를 넘어선 기쁨

헬스장에서 흘린 땀과 노력

나를 더 강하게 완성해 가네

울 엄마의 강물 2

엄마

엄마

…

해마다 다르게 허리 더욱 꼬부라지고

낙엽처럼 바싹 마른 몸 바스러질 것 같네

예순 살이 되도록

다 늙은

엄마 위해 내어준 게 없는 아들놈

때때로

엄마 눈에 깊은 눈물 고이게 하고

엄마,

꽃처럼 고우시던 열여덟 내 어머니

꿈꾸던 그 세월은 덧없이 흘러가고

뼈마디 마디 만고풍상 서렸네

엄마,

눈가에 뜬 강줄기 같은 주름
조금만 더 버티자
분명 좋은 날이 올 거야
우리, 믿어 보자

엄마
엄마
목이 멘다

사랑의 힘

뇌동맥류 웹 색전술(WEB embolization)
입원하는 건 정말 힘든 일이야
그만큼 더 강해질 거라 하여도
한시라도 빨리 회복해서 다시 일상으로
돌아가길 바랄 뿐

병원생활은
강한 외로움이 몰려와 나를 삼켜 버렸고
고독과 처량한 처지에 몰아넣었다
외롭고 적막한 분위기에 숨이 턱 막혀 온다

좌절하고 쓰러졌을 때
불만과 분노의 감정 다 쏟아내고
실망스러운 말로 가슴 아프게 해도
변함없이 아끼고 너그러운 마음으로
포용하며 사랑해 주는 그대

다시 일어날 수 있도록 옆에서

위로해 주고 참아주며

늦은 밤까지 안위를 걱정하고

챙겨주는 그대

몸져누웠을 때 곁에서

알뜰히 보살펴 주는 그대

자신감이 바닥을 칠 때,

지혜가 필요한 순간

불행은 이제 끝났고 앞으로의

아름다운 삶을

날갯짓하며 힘차게 날아오를

그날을 기대하며 힘내자고

그대의 넉넉한 미소 속

자신을 내려놓는 하심의 마음결에서

가족의 소중함을 발견하나니

또다시 살아갈 힘과 용기를 얻게 된다

그대 사랑은 바다처럼

그대여

파도가 되어

내면에 나를 가둬두지 말아요

그대여

분노, 우울, 불안의 파도에

휘둘리지 말아요

그대 마음

용기 있게 표출해 보아요

당당한 자신을 만나게 되고

그렇게 치유가 가능해요

그대여

사랑은 바다처럼 늘 충분해서

갈구할 필요가 없어요

참된 사랑은 내 바깥에서
오는 것이 아니에요

그저 사랑은 구하지 않고 나눠 줄 뿐

그대 바다임을 알면 심연은
늘 흔들림 없이 고요해요
그대 본성은 파도가 아니라 바다예요

시절의 그리움

가는 끝이 아쉬워

내 마음 사라질까

화려한 조명을 달아

환하게 빛을 비추네

시간 속에 두고

묶어둘 수만 있다면

영원을 당신 곁에 묶어둘 텐데

당신이 가버려도

서로를 기억해요

감미로운 음악과 함께 추억은 영원히

우리 곁에 남아 있을 거예요

아름다운 추억이 내게 남았으니

꽃처럼 향기로웠던

그 추억이 가득한 세상 한가운데

당신을 떠올려 봅니다

정말 최고의 선물이었어요

고마워요

십이월!

소중한 사람들과 함께

잊어버려요

힘들고 아팠던 순간

기억해요

배려하고 사랑했던 마음

나누어요

소중한 사람들과 함께

용기 주고 아껴주는 마음

삶의 향기 바람을 타고

초판 1쇄 인쇄 2024년 11월 27일
초판 1쇄 발행 2024년 12월 06일
지은이 민원기

펴낸이 김양수
책임편집 이정은
교정교열 연유나

펴낸곳 도서출판 맑은샘
출판등록 제2012-000035
주소 경기도 고양시 일산서구 중앙로 1456 서현프라자 604호
전화 031) 906-5006
팩스 031) 906-5079
홈페이지 www.booksam.kr
블로그 http://blog.naver.com/okbook1234
페이스북 facebook.com/booksam.kr
이메일 okbook1234@naver.com

ISBN 979-11-5778-676-3 (03800)

맑은샘, 휴앤스토리 브랜드와 함께하는 출판사입니다.